AF435509

Françoise GRENIER

LES AVENTURES
D'ALDO LEROUGE

Chérubins Éditions

LES AVENTURES

D'ALDO LEROUGE

CHAPITRE PREMIER - ENNUI

Aldo s'ennuyait. Il n'avait pas l'autorisation d'inviter ses copains et ses parents n'étaient pas encore rentrés de courses. Comme souvent, le vendredi, il fallait qu'il s'occupe en les attendant.

D'abord, il avait récupéré sa petite sœur à l'école primaire vers 17 heures. Parfois, elle oubliait un cahier ou un livre. Il devait vérifier si Sonia possédait toutes ses affaires, car sinon elle ne pourrait pas apprendre ses leçons ou réviser pour les contrôles. Au début, de retour à la maison, il manquait la moitié de ses cahiers. Quelle tête en l'air ! Il l'aimait beaucoup sauf quand il devait déranger les enseignants ou les animateurs.

Heureusement qu'ils habitaient à quelques rues de là. Il n'avait que deux passages piétons à traverser, et un boulevard bordé d'un parc offrant des pistes de skate-board. La honte lorsqu'il fallait ouvrir la classe, fouiller la case et repartir sous le regard de reproches du directeur !

Ainsi, devant la grille de l'école, il détaillait le contenu du cartable en vérifiant le cahier de textes. S'il le fallait, Sonia repartait vite chercher son matériel.

Les devoirs faits, il ne savait plus trop comment utiliser son temps libre. Surtout qu'il était puni de jeux vidéo. Sa console, confisquée jusqu'à nouvel ordre, c'est-à-dire tant qu'il n'aurait pas de meilleures notes sur son carnet de correspondance, lui manquait. Ses parents le soupçonnaient de jouer la nuit au lieu de dormir. Et le matin, il ne pouvait se concentrer sur les interrogations surprises des enseignants. Quelle bande de sadiques, surtout madame Rieker, la prof d'anglais qui ne l'aimait pas..., toujours après lui, soi-disant pour qu'il progresse ! Il ne retenait pas les expressions utiles à savoir lors d'échanges oraux.

À vrai dire, il s'en fichait et cela mettait certains profs en colère. Jouer la nuit à son jeu préféré, « Pavillon noir », un jeu de pirates ? Il avouait qu'en effet, ça lui arrivait parfois.

Que faire ? Il restait une heure au moins avant que les parents ne rentrent ! Lire une histoire à Sonia ? Non, elle aimait mieux s'amuser avec ses poupées « monstres ». Très peu pour lui ! Il tenta de l'aider à réciter sa leçon « Classification des aliments », mais elle refusa en prétextant qu'elle attendrait maman. Elle aurait le week-end entier pour ça ! Il n'insista pas et la laissa en compagnie de ses amies en plastique : Cléo et Lagoona.

Son goûter, une tranche de pain nappée de caramel liquide, avalée goulument, ne lui donna pas la moindre idée de distraction. L'ordinateur du salon, bloqué par un code, le narguait. Comble de malchance, son smartphone affichait 10 % d'autonomie. Il le brancha pour que la batterie se recharge.

À 18 h, il regardait par la fenêtre de la cuisine, guettant les voitures qui se garaient devant l'immeuble quand un bruit inhabituel le tira de sa rêverie. Il entendait comme un grattement. Ça ressemblait à un chat qui s'acharne avec sa litière. Cela lui rappela Samuel, une petite boule de poils de deux ans, qu'il adorait et que Sonia avait ramené à la maison. Malheureusement, quelques mois plus tard, on le pleura. Un conducteur n'avait pu l'éviter et son véhicule l'avait écrasé en bas de chez eux.

Depuis, Corinne, sa maman, ne souhaitait pas adopter un autre chaton. Lui non plus ne supportait pas de le remplacer. Éric, son papa, ne les comprenait pas. Il disait qu'il fallait au contraire choisir un nouveau compagnon. Les voir se disputer pour ça fut pénible. Les adultes, franchement, aimaient se chamailler sur pas mal de sujets !

Le bruit ne pouvait pas provenir d'un animal puisqu'ils n'en avaient pas.

CHAPITRE DEUX - SURPRISE

Il se dirigea dans le salon, guidé par les couleurs flashy qui zébraient les murs. Le frottement venait de la manette de son ancienne console que sa sœur utilisait. Elle n'émettait pas ce genre de son d'habitude ! Plutôt des courtes musiques si l'on atteignait un niveau supplémentaire.

Pourtant, elle semblait éteinte. Il n'éprouvait aucun intérêt envers cette machine car il connaissait tous les jeux par cœur. Trop faciles ! Super Mario n'avait plus de secret pour lui !

L'appareil posé sur la banquette clignotait. Il le saisit par curiosité. Que se passait-il ? Il ne trouvait pas cela normal. Pareille bizarrerie n'arrivait jamais. L'écran noir prouvait qu'elle ne fonctionnait pas. Il se saisit de la commande encore branchée à la machine. Si Sonia apparaissait à l'improviste, il lui dirait qu'il vérifiait son état. Elle aurait été capable de le dénoncer aux parents car il ne devait pas toucher à ses jouets, du fait de sa punition. Advienne que pourra !

Il faillit laisser tomber la console lorsqu'il entendit distinctement une voix joviale l'interpeller :

— Bonjour Aldo !

Tiens, elle savait son prénom. Est-ce que lui seul la percevait ? Il espérait que sa chipie de sœur ne viendrait pas le déranger.

— Euh... Bonjour... Mais...

— Vous êtes l'heureux gagnant d'une loterie ! Si vous acceptez les conditions, je peux vous garantir que vous ne vous ennuierez plus jamais !

— Qu'ai-je gagné ?

— D'abord, signez à l'aide de votre doigt. Positionnez-le sur l'écran qui va s'allumer d'ici une seconde. Si vous ne le faites pas, tant pis, je ne vous dirai pas...

Le collégien se méfiait un peu. Que risquait-il finalement ? Il posa son index sur la surface qui s'illumina aussitôt, et écrivit les lettres de son prénom.

— Bravo ! À partir de maintenant, où que vous soyez, j'apparaîtrai dès que la phrase suivante sera prononcée : « Maître du jeu, sortez de l'ombre ! »

— D'accord, et après ?

— Je suis une sorte de génie, je réalise les vœux. Devenir Spiderman si vous voulez. Rester tant que vous voudrez à l'intérieur des niveaux. C'est chouette, non ?

— Euh, oui... Je ne vous crois pas.

— Demandez n'importe quoi et vous verrez que je ne mens pas. Déjà, comment expliquez-vous que je communique à partir d'une manette ?

— Bah, je dois rêver. Dès que je me réveillerai, tout rentrera dans l'ordre.

— Pas vraiment. Testez-moi.

Aldo se disait qu'il ne risquait rien à satisfaire la voix de bonbon sucré. Il se lança :

— Il me faudrait des bonnes notes aux prochains contrôles.

— Voilà !

Et un stylo quatre couleurs se matérialisa sous les yeux ébahis du garçon. Il osa protester :

— Vous vous fichez de moi ?

— Non, du tout. Dès lundi, il saura répondre à votre place.

— Je ne vois pas de quelle manière il le pourrait !

— Les couleurs brouillent les pistes. Elles servent à enclencher le cerveau miniature du Bic. Le rouge permet de lire les questions. Vous attendez quelques minutes, ensuite vous appuyez sur les autres. Soit bleu soit noir, selon les profs. Puis vous le laissez écrire.

— Mais pour l'oral ?

— Le vert activera la fonction « écoute » et dès que vous le reposez à plat, il donnera les bonnes réponses en imitant votre voix.

Aldo, impressionné, n'osa pas dire ce qu'il pensait vraiment. Ça ne pouvait pas marcher selon lui. Il mit l'objet dans sa poche de sweat, remerciant du bout des lèvres le maître du jeu qui lui rappela la phrase à formuler au cas où il souhaiterait autre chose.

CHAPITRE TROIS - ESSAIS

Le silence était retombé depuis peu lorsque Sonia se montra. Elle affichait son sourire de fouineuse.

— Tu parles tout seul maint'nant ?

Il se contenta de hausser les épaules. Est-ce qu'elle avait suivi la conversation ? Apparemment non car elle aurait demandé : « Avec qui parlais-tu ? » Il préférait se taire, cependant, il se dit qu'il devait lui fournir une explication crédible, sinon, elle irait raconter que son frère devenait cinglé :

— Je révisais la pièce de théâtre qu'on doit jouer à la fin de l'année. Mon personnage rencontre une sorte de lutin qui lui offre des cadeaux... Bref, tu vois le genre !

— Je peux t'aider si tu veux !

Sonia adorait se déguiser et se donner en spectacle en interprétant des héroïnes de dessins animés. En ce moment, elle mimait La Reine des Neiges. Il avait encore mis les pieds dans le plat !

— C'est bon, la prochaine fois, je te demanderai... Je vais ranger mon bureau car les parents ne vont pas tarder.

En effet, la poignée de la porte d'entrée bougea et ils apparurent, des sacs colorés au bout des bras. Ils se hâtèrent vers la cuisine tandis qu'Aldo disparaissait.

Assis à son bureau, il posa son stylo soi-disant magique à côté de son cahier de textes. Ses devoirs écrits étant faits, il voulut mettre à l'épreuve l'objet aux facultés surnaturelles. Il sortit son cahier de maths de son sac, et procéda comme avait dit la voix. Il appuya sur le rouge tout en l'inclinant vers l'énoncé du problème à résoudre. Puis, il enclencha le bleu. Le stylo se mit à osciller sur les calculs déjà écrits et se retourna afin d'en effacer deux, le haut du capuchon faisant office de gomme. Stupéfait, le garçon assista au travail de correction du Bic qui imitait parfaitement sa façon de former les chiffres. Il reformulait les phrases réponses en ajoutant des éléments au résultat. Du beau travail ! Il devait dompter sa monture... En cours, il se ferait remarquer s'il laissait son stylo écrire tout seul !

Il lui fit lire une nouvelle question sur son livre de géographie et ouvrit son cahier de brouillon. Il serra le stylo, posa la pointe sur une page et celui-ci commença à rédiger sans en être gêné. L'apprenti magicien s'amusait beaucoup.

Ça fonctionnait à merveille ! Il le rangea dans sa trousse, dès que l'exercice fut terminé. Pour une fois, il se sentait impatient de retourner au collège.

Corinne, appelait :

— C'est prêt !

Il arriva le premier à table, ce qui étonna son père. Sonia se plaça à côté de lui et commença à raconter sa vie.

Une vraie pipelette. À un moment, Éric la fit taire et interrogea son frère, étonnamment muet, sur sa journée :

— Aldo ? Qu'est-ce que tu as mangé à midi ?

— Hum, la prof était malade...

— Ce n'est pas ce que je te demande ! Bon alors, quel cours a été annulé ?

— Ah... mardi prochain, on aura un contrôle de maths...

Sonia se retenait de rire, tandis que ses parents, consternés, fronçaient les sourcils. Aldo pouvait être à côté de la plaque, mais à ce point ! Corinne chercha à excuser son fils, comme toujours devait penser Éric :

— Bon, ça suffit ! Aldo a besoin de se reposer. On arrête de le questionner !

Sonia protesta :

— Ce n'est pas une raison ! Moi aussi, j'en ai plein la tête et je ne dis pas n'importe quoi !

Son frère n'écoutait pas, il ne songeait qu'à son stylo et à tous les essais qu'il réaliserait avant de dormir. Le dessert avalé, un flan au chocolat, il se leva de sa chaise et quitta la cuisine tel un zombie. Personne ne le retint.

CHAPITRE QUATRE - TRAVAUX PRATIQUES

Pendant presque tout le samedi, Aldo s'enferma dans sa chambre. Il prétendait réviser ses cours de maths. Au moment des repas, il répondait par oui ou par non à ce qu'on lui demandait. Son état ne s'améliorait pas et on finit par le laisser tranquille. À une rare exception, il accompagna sa mère afin d'acheter une paire de baskets neuve et quelques habits en prévision de l'hiver qui pointerait bientôt son nez.

Le début du mois de décembre arrivait et il fallait le rhabiller. Il grandissait si vite ! À la rentrée, il mettait encore du douze ans et d'un coup, en un trimestre, ses pantalons et autres vêtements ne lui allaient plus. Le rayon ado lui ouvrait grand les bras !

Au collège, il dépassait les garçons de sa classe et même certains des troisièmes. De ce fait, sa taille lui assurait de ne pas être embêté. Le contraire de l'année dernière ! Il tenait sa revanche.

Le dimanche matin, un problème le rendit songeur : il se demandait si le génial stylo ne lui ferait pas faux bond le jour J. Il devait l'économiser et décida de ne plus l'utiliser dès cette prise de conscience. Puis il s'assura de ne pas se faire remarquer avec. Il chercha un moyen de le dissimuler au cas où la prof d'anglais le questionnerait à l'improviste. Ses épais cheveux bouclés permettaient de cacher l'objet, d'apparence assez mince. Il le coinça derrière une oreille et répéta son geste jusqu'à ce qu'il devienne naturel. Il monopolisa la salle de bains, plus qu'à son habitude, ce qui agaça sa sœur. Elle le suivit presque toute la matinée pour savoir ce qu'il fabriquait.

****

Au collège, à la première heure, interrogation surprise d'histoire. Contrairement à ses copains, il affichait un sourire béat. Seule, Coline, la fille qui mémorisait les leçons plus vite que son ombre, aimait les contrôles non prévus. Jamais Aldo !

Jules, son meilleur ami, l'observa avec étonnement, puis baissa la tête sur sa copie. Il aurait une explication pendant la cantine.

Entre les cours, ils n'arrivaient pas à discuter sérieusement : le temps de traverser les longs couloirs, de monter ou descendre des escaliers, prendre des affaires au casier, repérer la salle... et le professeur suivant s'impatientait. Aller aux toilettes demandait du courage.

N'avoir que cinq ou dix minutes devant soi, se rendre en SVT et en plus aller au petit coin, il fallait s'appeler Superman ! Beaucoup y renonçaient de peur d'arriver en retard, de se prendre un avertissement auprès du surveillant général. La détente (façon de parler, car attendre une éternité dans un couloir gris afin d'approcher la salle de restauration crispait tous ceux qui déjeunaient au collège) se situait entre midi et une heure et demie. Une fois le repas avalé, il resterait trente minutes avant les cours de l'après-midi.

Jules aimerait que son copain soit moins souvent puni et qu'ils puissent se retrouver chez lui les jours de libres. Mais Sonia accaparait son copain ; elle ne pouvait rester une seconde seule ! Il se concentra sur son devoir et ne pensa plus à ces enfantillages, comme dirait sa maman.

— Psitt, Aldo !

Jules essayait d'attirer l'attention de son ami qui semblait ailleurs. Celui-ci, debout contre un pilier du hall, fixait on ne savait quoi. Il avait quitté la classe avant l'heure de midi après avoir rendu son devoir. Une envie pressante, soi-disant. Il n'agissait pas ainsi d'habitude : depuis que Jules le connaissait, il finissait rarement ses interrogations, souvent il restait jusqu'au dernier moment.

L'interpellé réagit lentement :

— Ah tu es là, Jules ?

— Bah oui, où veux-tu que je sois ? Comment tu as fait pour répondre à tout ?

Aldo mentit, il valait mieux. Pourtant cela lui coûta car il aimait beaucoup son ami. Ils se connaissaient depuis le primaire et aucun secret n'existait entre eux. Jusqu'à ce jour.

— J'ai travaillé dur pendant le week-end.

— Hum, j'ai du mal à te croire. Tu es amoureux ? Tu as un drôle d'air. Tu peux me le dire à moi. Tu as rencontré une fille, c'est ça, et tu ne fais qu'y penser.

Trouvant l'idée intéressante, Aldo affirma sur un ton le plus sincère possible :

— En plein dans le mille ! Dimanche, une famille a emménagé au premier étage de mon immeuble. En allant au parc, je l'ai vue à côté de sa sœur, je crois... Elle est canon, mais elle va sûrement au lycée. Tu la verrais, tu voudrais aussi la connaître. Moi, je n'ai pas osé lui parler, je me sens trop bête.

Il savait que Jules ne viendrait pas dans son quartier ; déjà qu'Éric refusait souvent que ses copains viennent à la maison... ensuite, son ami habitait à la campagne. Il prenait le bus après l'étude tandis que lui revenait à pied, en passant par l'école de Sonia.

Les week-ends étaient sacrés : ses parents ne souhaitaient pas être dérangés par qui que ce soit. Il se rassura en pensant que son mensonge ne serait pas découvert. La honte le saisit, mais ayant suivi des cours de théâtre, il l'enfouit au fond de lui.

CHAPITRE CINQ - LA BELLE VIE

La semaine passa à l'allure d'un TGV. Aldo se dépêchait chaque matin afin de partir rapidement. Son stylo ne le quittait pas et il l'utilisa lorsque mademoiselle Rieker l'interrogea par hasard. Hum, il se doutait qu'elle le faisait exprès. Prévoyant, avant qu'elle ne se décide à le nommer, il plaça l'objet magique sur son oreille droite, le camouflant sous ses cheveux longs et épais.

Le samedi, il avait refusé d'aller chez le coiffeur et ce fut un sujet de discorde pénible. Maman trouvait qu'il ressemblait à une fille et lui s'en fichait. Papa se moquait de son look des années soixante-dix. Sonia s'amusait à tirer dessus et tenait à le coiffer en utilisant des élastiques, des barrettes ou des chouchous. Après le dîner, il réussit à s'enfermer dans sa chambre rapidement.

Rieker n'en revenait pas ! Cet élève si inattentif répondait parfaitement à ses questions. Il marquait un moment de réflexion à chaque fois, ce qui le ralentissait, mais il ne se trompait pas. Elle lui mit un 19/20, note rare avec cette classe indisciplinée. Ces jeunes ne lui faisaient pas de cadeaux et elle devait se montrer sévère si elle voulait survivre jusqu'à la fin de l'année. Ils la traitaient de méchante et cela valait mieux que le contraire. Ainsi, certains se tenaient à carreaux. Coline, une exception qui confirmait la règle, possédait des capacités hors du commun et, ce qui ne gâchait rien, ne cherchait pas à se faire remarquer.

Rieker se demandait où se situait ce garçon : parmi les meneurs ou les suiveurs ? Souvent il faisait rire ses camarades ; provoquait-il cette situation ? Elle le désignait par son nom de famille « Lerouge » ainsi que chacun de ses élèves pour garder la distance.

Lorsqu'Aldo connut sa note, il hésita à crier sa joie. Il affichait un large sourire quand l'enseignante la reporta sur son carnet de correspondance. L'élève était pressé de l'annoncer à ses parents.

À la fin de la semaine, il montra son livret contenant les bonnes notes récoltées. Il obtint même un 18 / 20 à son contrôle de maths.

La punition fut levée : il pouvait rejouer avec sa console. Il ne s'en priva pas. La phrase qui ferait revenir le bonhomme lui revint en mémoire. Ce serait top de rentrer dans le jeu et d'endosser le costume de son héros favori. Est-ce qu'il n'y avait pas de pièges ? Déjà, il voyait du changement à cause de son récent statut d'intello. Ses copains le snobaient, même Jules l'évitait en se rapprochant de la bande d'Hugo, les fans de « Donjons et Dragons », un jeu de rôle qui les faisait rêver.

Aldo préférait les jeux vidéo. Chacun son truc. C'est vrai que ses mensonges n'arrangeaient rien ; leur conversation sonnait faux à présent. Un champ d'orties les séparait ; cela le rendait un peu triste, certes, mais il appréciait de rester seul, d'avoir du vide autour de lui. Ainsi il savourait sa nouvelle position au sein de la classe : celui que l'on jalousait. Il jouait l'indifférent. Jusqu'à quand ? Pour l'instant ce rôle lui plaisait assez.

CHAPITRE SIX - AVENTURE SUR L'ILE DE LA TORTUE

Enfin le moment tant attendu arriva. Il put récupérer sa console. Il pourrait lancer un jeu différent, mais retrouver son bateau de pirates « Fortune de mer » après quinze jours d'arrêt lui procura une joie immense. L'île qui lui permettait de décharger des soieries, des pièces d'or et d'argent par dizaines était parfaite. Ses hommes ne rechignaient pas à le suivre partout puisqu'il possédait une fortune conséquente qu'il distribuait équitablement. À ce stade du jeu, il s'était arrêté au moment où il prévoyait de cacher son gain, après le partage des richesses.

Au bout d'une demi-heure à reprendre les commandes de son trois-mâts virtuel, il se laissa tenter à invoquer le Maître du jeu avec la formule consacrée. Ce fut la voix caressante qui répondit à travers la manette :

— Bonjour ! Comment allez-vous, cher Aldo ?

— Bien, très bien. Je souhaiterais visiter l'île en vrai et naviguer sur « Fortune de mer ». Je pourrai revenir chez moi, ensuite ?

— Il va falloir être courageux : je vais vous implanter une sorte de puce. Vous m'appellerez à l'aide du micro logé dedans et qui restera toujours ouvert. Mettez votre pouce sur l'écran.

Aldo appréhendait car il avait lu que ce genre de truc pouvait être dangereux. Est-ce qu'il souhaitait avoir un espion dans le corps ? Devait-il se laisser faire ?

— Alors ?

— Oui, oui, j'arrive...

Il se décida, ayant trop envie de connaître des sensations inconnues si le sorcier ne mentait pas. Son pouce contre la surface lisse, il attendit. Des gouttes de sueur perlaient sur son front. Il ferma les yeux. Une décharge électrique envahit son doigt, puis sa main entière. Cela le fit reculer jusqu'à la chaise de son bureau, qui se renversa sur la moquette. Heureusement, le bruit fut atténué.

Il ouvrit les yeux en entendant la voix :

— N'oubliez pas : « Maître du temps, maison ! »

La seconde suivante, il se posait sur le sable mouillé d'une plage... Celle où son navire de pirate l'attendait.

Un homme s'avança vers lui :

— Cap'taine Lerouge, on fait quoi maint'nant ?

Aldo se ressaisit. Il devait donner des ordres. Il se racla la gorge et ne reconnut pas sa voix. On aurait dit un chat enroué :

— Ah ! Racaille, ramène-moi la malle verte. Elle est en cale. Tu n'en parles à personne, mais je dois la mettre en lieu sûr. Ensuite, tu as quartier libre ainsi que tous les gars de l'équipage. Rhum pour tout le monde !

— Merci Cap, j'y vais d'ce pas. Z'êtes trop bon !

Aldo se dit qu'il aurait dû commander d'astiquer le pont. Tant pis, ses marins ne l'écoutaient déjà plus. Ils allaient boire, raconter des histoires et s'endormir à l'aube. Quelle heure pouvait-il être ? Certainement la fin de l'après-midi, vu les ombres qui s'allongeaient. Il devait s'activer s'il voulait cacher son trésor avant la nuit.

Racaille, son second, revint chargé du fardeau qui paraissait très lourd.

— Vrai, vous pas que j'aide ?

Il parlait vite, prononçait mal. Il faisait correctement son boulot, et on le craignait. Aldo lui mit une main sur l'épaule et d'un ton ferme lui fit comprendre que « non, il n'aurait pas besoin de lui ».

— T'inquiète, je reviens bientôt. Si tu ne me vois pas demain matin, il faudra prévenir les gars et fouiller l'île à ma recherche. O.K ?

— Bien, Cap, bonne chance !

CHAPITRE SEPT - PERDU

Aldo Lerouge enroula une corde autour de sa malle, fit une série de nœuds et tira pour la faire bouger. Le sabre qui dépassait de sa large ceinture noire gênait ses mouvements. Quand il manipulait son personnage sur sa console, il ne s'intéressait pas à sa tenue. Il se sentait mal à l'aise, habillé ainsi. Tel un capitaine corsaire qui se respecte, il portait un pantalon épais et rêche, une chemise qui serrait les poignets, un chapeau démesuré et une veste longue encombrante. Il avait mal aux pieds et ses bottes lui sciaient les mollets. En plus, la chaleur moite, malgré l'heure tardive, le faisait transpirer affreusement ! Est-ce qu'il ne pourrait pas se déshabiller un peu ?

Lorsqu'il serait hors de vue, il se mettrait à l'aise.

Il eut beaucoup de mal à progresser à cause du sable ; puis, à l'approche des rochers plats et lisses, ce fut plus facile. Son chargement glissait sans peine. Il se retournait de temps à autre afin de visualiser l'espace derrière lui. À un moment, la mer disparut. Torse et pieds nus, il continua droit devant lui. Les vêtements enlevés, maintenus par des liens, pendaient autour du coffre.

Aldo avançait au milieu d'une forêt. Il s'arrêta à l'entrée d'une grotte. Il devait mémoriser le trajet s'il voulait retrouver son trésor, car c'est là qu'il comptait le dissimuler. Il enleva les cordes et ouvrit la malle. Une pelle s'y trouvait et il commença à creuser à gauche de la montagne abritant la caverne.

Pour l'instant, aucun animal ne venait le déranger, mais il ne se rappelait pas s'il y en avait de prévu au cours du jeu. L'île où le capitaine des pirates accostait et se reposait ne présentait pas de danger. Il fallait surtout se méfier de la mer et des hommes, les siens et ceux des équipages ennemis !

La nuit tomba brusquement. Sans lanterne, il ne voyait pas grand-chose. Un croissant de lune éclairait faiblement ses pas. Le ciel sans étoiles n'offrait pas de lumière. Aldo essaya de revenir à son point de départ. Il se dirigea à son odorat. L'air marin et le vent venant du large lui indiqueraient la bonne direction.

Bientôt, il sentit sous ses pieds la surface mouillée des galets, et ensuite le sable. Pourtant, il n'entendait pas les chants que d'habitude ses compagnons hurlaient en chœur. Il décida qu'il n'allait pas attendre le matin et devenir la risée de tous. Son autorité en prendrait un coup. Alors il appela le Maître du jeu en approchant son pouce : « Maître du temps, maison ! »

Aussitôt, il se retrouva dans sa chambre. Il vit sa console éteinte, qu'il n'eut pas le courage de rallumer. Toutes ces émotions même virtuelles l'avaient épuisé. La peur de se perdre sur l'île semblait réelle en tous cas. Il frissonnait alors qu'il souffrait de la chaleur quelques minutes plus tôt. Il regarda son portable : 21 heures.

L'appartement était silencieux, bien qu'il ne soit pas si tard que ça. Ses parents ne se manifestaient pas pour lui rappeler d'aller se laver les dents et sa sœur ne venait pas l'espionner. Il se mit en pyjama et s'allongea. Il ne tarda pas à s'endormir.

CHAPITRE HUIT - SEUL

Le lendemain qui devait être un dimanche, Aldo quitta sa chambre et s'installa à la table de la cuisine. Personne. Il leva les yeux sur l'affichage digital du four : 9 h 15. À cette heure sa famille se retrouvait autour du petit déjeuner. Que se passait-il ? Sonia participait à une compétition et ses parents étaient partis très tôt. Ils faisaient le trajet, assistaient aux épreuves puis revenaient en fin de journée. Même s'ils lui avaient proposé de venir, il aurait refusé. Bien fait pour lui d'une certaine manière.

Il trouva un bol et se prépara un petit-déjeuner avec le lait et le paquet de muesli sur la table, éplucha une orange et avala vite ce repas matinal. D'humeur joyeuse, il pensait qu'il saurait se débrouiller comme un grand. Faire un sandwich ne devrait pas poser de problèmes. Il vérifia s'il pouvait compter sur du pain : non, pas une miette à l'intérieur de la huche ! Il ouvrit le frigidaire américain. *Tiens un nouveau frigo.* Des quantités de bières et de bouteilles d'eau encombraient les portes et les compartiments adaptés aux boissons. Il ne comprenait pas : d'habitude son frigo ne contenait qu'un bidon de lait, des restes de repas, de la nourriture sous vide, du beurre, des légumes et fruits ; parfois, un pack de jus d'oranges. Il chercha une tranche de jambon ou des œufs durs, rien !

Au fond du congélateur coffre, des produits qui lui paraissaient bizarres s'amoncelaient. De grosses pièces de poisson et de viande prenaient toute la place. Il les souleva, espérant découvrir des burgers ou une poêlée quelconque de légumes à la limite. Raté ! Même pas un seul plat individuel à mettre au micro-ondes ! Ce n'était pas normal. Soit ses parents perdaient la tête, soit lui-même devenait fou.

Il faudrait donc qu'il se rende à la superette ouverte le dimanche matin. Il fouilla afin de dénicher des euros. À part le placard où étaient rangés les céréales et la corbeille de fruits, les différents meubles alentour et ceux du salon ne contenaient que des couverts et de la vaisselle. Ils ne ressemblaient pas à ce qu'il utilisait habituellement. L'inquiétude le gagnait.

Douché et de retour dans la chambre, il prit un billet de dix euros, dissimulé au fond d'une tirelire Pokémon. Il enfila une parka fourrée, mit un bonnet et attrapa des moufles. En ce mois de décembre, la météo prédisait un hiver précoce qui menaçait de tout recouvrir de neige.

Aldo fut obligé d'utiliser les escaliers qui permettaient de descendre les étages de l'immeuble. Le bel ascenseur flambant neuf s'était volatilisé. Sa famille également, et ses repères ! Tout semblait si différent. Il se sentait très mal. Lorsqu'il poussa la porte d'entrée (car elle ne s'ouvrait plus grâce au bouton sur le côté gauche), l'air doux le plongea dans un océan d'incompréhension. Il remonta et s'habilla moins chaudement.

Dehors, il ne reconnut pas sa rue ni son quartier. L'endroit où il se trouvait ressemblait plutôt à une zone abandonnée qu'à une ville. Point de supermarché à l'horizon. Juste des bâtisses collées les unes aux autres, sans ordre. Si un architecte existait dans le coin, il faisait n'importe quoi. Des cours ouvertes et pavées, des passages étroits ou trop larges, des terrasses avec des escaliers ne débouchant sur rien, reliaient chaque habitation qui ressemblait à un dessin d'enfant à cause de ses murs tordus, de ses portes et fenêtres défiant toute logique. Elles paraissaient inhabitées.

Aldo errait et s'éloigna sans s'en rendre compte. Quelle ne fut pas sa surprise quand il arriva sur une immense jetée, au bord de ce qui pouvait être un océan. Les vagues se fracassaient contre la solide construction.

Au loin, il crut apercevoir un trois-mâts. Un pavillon noir orné d'un crâne et de deux tibias blancs flottait à l'arrière. Par endroits, du brouillard enveloppait le bateau. Pourtant il sut qu'il s'agissait du « Fortune de mer ». Il lui ressemblait en se montrant menaçant. Était-il revenu à l'intérieur du jeu sans l'avoir demandé ? Il devait interroger le Maître du temps à travers sa console et retourner à l'appartement qu'il venait de quitter.

CHAPITRE NEUF - CONFUSION

Après au moins une heure de marche, essoufflé et sans avoir rencontré qui que ce soit, Aldo franchit la porte du vieil immeuble qui remplaçait celui qu'il connaissait. Pressé de revoir sa console, il en oublia de se poser trop de questions pénibles.

Il courut jusqu'à la pièce où il était la soirée précédente, enfin ce qu'il supposait être la veille car il aurait pu vivre là depuis plus longtemps. Sur un bureau qui ne lui appartenait pas, moche, en chêne ciré comme s'il venait de son arrière-grand-mère, trônait une console d'un autre âge elle aussi, une Play Station toute pourrie. Il tenta de l'allumer en la branchant sur une prise électrique. Elle grésilla, puis s'éteignit.

De fureur, Aldo s'époumona : « Maître du jeu, sortez de l'Ombre !!! »

— Oui, arrêtez de crier, j'arrive !

Un bonhomme ressemblant à un nain de jardin, tout droit sorti d'une histoire fantastique, se posta à cinquante centimètres de l'appareil démodé. Il bombait le torse, les mains sur les hanches et les sourcils froncés. Sur un ton beaucoup moins agréable qu'avant, il se mit à le disputer :

— Que me valent ces criaillements ?

— Je vous appelle, c'est tout. Parce qu'ici, ce n'est pas chez moi !

— Ah bon, vous n'êtes pas Tino ?

— Non, je suis Aldo et j'habite 18 rue Paul Claudel à Grenoble. Pas au bord de la mer en tous cas.

— Zut, il y a un bug. Ce garçon a épuisé ses gains de loterie. Il me doit plusieurs heures de figuration sur le « Fortune de mer ». Il y assurait le rôle de moussaillon. Vous n'avez pas dû le remarquer, n'est-ce pas ? Je suis malin !

— Comment ça « épuisé ses gains » ? Qu'est-ce que ça veut dire ?

— Je ne t'en ai pas parlé ?

Le nain tutoyait son client. Cela ne présageait rien de bon.

— Non !

— Hum, au bout de cinq cadeaux magiques, tu dois ne plus faire appel à moi, sinon tu es obligé de travailler à l'intérieur des jeux ou des objets. Une gamine surdouée s'est laissé attraper. Je l'ai rapetissée pour qu'elle entre dans ton stylo intelligent. La pauvre, elle doit s'ennuyer par moments. Mais c'est la règle.

Estomaqué, Aldo protesta :

— Vous ne m'avez rien dit !

— Voilà, tu le sais à présent, et l'autre doit forcément être chez toi. Quelle pagaille !

Aldo se retint de foncer sur ce prétendu gentil Maître de jeu. Il aurait dû se méfier, c'était trop beau ! Il se jura de renoncer au sorcier si jamais tout redevenait normal. Il ne souhaitait pas demeurer sur cette île, bordée d'un océan interminable. Malgré la faim qui le tourmentait, il s'inquiétait de ce qu'il allait devenir.

L'affreux personnage se remit à ouvrir sa bouche édentée :

— Tiens-toi prêt, je t'envoie en mission. Tu remplaces Tino et je règle le problème après. Pas le temps.

Il disparut et Aldo se sentit projeté en l'air. Sa vue se brouilla. Quand il put voir quelque chose, ce fut un pont de bateau, blanchi par l'eau de mer. Il tenait un pistolet et marchait derrière plusieurs marins. Leurs habits faisaient penser à ceux qui naviguaient sur les bateaux marchands. Il réalisa qu'il se trouvait du mauvais côté.

Il entendit crier « À l'abordage ! » Son cœur battait violemment et ses jambes tremblaient. Si l'un des fous furieux d'en face lui transperçait le ventre ? Que se passerait-il ? Il ne devait pas cogiter, seulement agir. D'ailleurs, tous couraient sans se poser de questions. Était-il entouré de figurants, de pauvres enfants pris au piège ?

CHAPITRE DIX -
TOUT S'ARRANGE OU PAS ?

Aldo bataillait, esquivait les sabres pointus. Des marins s'écroulaient, vidés d'un sang factice. En effet, ce qui coulait des corps ressemblait à de l'hémoglobine qui s'évaporait presque aussitôt. Il peinait à les enjamber tout en mitraillant les assaillants. Ceux-ci le terrifiaient avec leurs visages sombres couturés, coiffés de bandeaux rouges criards. Pantalons noirs retroussés, ils n'arrêtaient pas de virevolter, de hurler et d'abattre presque tout l'équipage.

Un essaim de mouches tueuses l'encerclait. Un morceau de son bras gauche tomba par-dessus bord. Il ne ressentit qu'une vague douleur, comme une brûlure après un coup de soleil. Devenir manchot, même virtuellement, ne lui parut pas drôle du tout.

La violence de ce jeu-là lui fit l'effet d'une douche glacée. Et s'il perdait son bras droit ? Il n'aurait aucun moyen de contacter le « Maître » puisque le micro était implanté sous son pouce droit. Il le rapprocha de sa bouche et réclama : « Maître du temps, maison ! »

Il se retrouva assis sur un lit. Était-ce le sien ? Il ne se rappelait pas la housse qui recouvrait sa couette avant d'incarner Lerouge, capitaine des pirates. La beige aux graffitis noirs, ou alors l'unie orangée... ? Des carreaux bleu foncé sur un fond blanc ornaient celle-ci. Maman pouvait peut-être en avoir acheté une nouvelle. Pour une fois, il eut envie que Sonia lui pose des questions idiotes ou vienne squatter sa chambre. Il tendit l'oreille, mais personne ne s'inquiétait de lui.

Un rapide tour d'horizon lui fit croire qu'il reconnaissait la pièce. Il hésita avant de sauter de joie. Son bureau, toujours au même endroit, occupait une partie du mur, à droite de la porte. Installé sur le lit, il voyait la fenêtre et son armoire à côté de la commode. Il se leva et ouvrit un tiroir afin de sortir sa console. Une PS4, ouf ! La vision de sa chère compagne de jeu le fit éclater d'un rire nerveux. En la saisissant, il remarqua que son bras coupé avait « repoussé ». Reouf ! Il ne se voyait pas reprendre le collège, ainsi mutilé !

Il pensa au stylo magique et le retira de sa trousse.

— Bonjour, je sais que tu es une nana et que tu es enfermée là-dedans à cause du nain qui se dit Maître du jeu. Je te remercie de ton aide et j'aimerais te libérer...

— Merci Aldo, de m'avoir parlé et délivré.

— Alors tant mieux... et tu t'appelles ?

— Corentine. Adieu...

L'objet fit un long pschitt. Aldo l'observa, puis tenta de tracer des lettres. L'encre était sèche. Il le jeta à la poubelle.

Il hésita à allumer sa PS4, de peur d'entendre la voix du « Maître du jeu ». Celui-là pouvait rester sur l'île de la

Tortue. Il ne voulait plus avoir affaire à lui. Il estimait l'expérience trop risquée et débile. Combien de joueurs étaient tombés dans le panneau ? Vivre les aventures de ses héros le dégoûtait à présent. Que pouvait-il faire ? Il eut l'idée d'aller saluer ses parents et sa sœur, car il lui semblait ne pas les avoir vus depuis des siècles ! Ils lui manquaient affreusement.

Aldo se pointa à la cuisine et les trouva, attablés devant leurs bols respectifs. Son papa le fixa d'un air mécontent. Il lâcha :

— Tu as dormi longtemps mon garçon. Il faudrait arrêter de veiller tard. On emmène Sonia à sa compet. Je suppose que tu ne souhaites pas nous accompagner ?

CHAPITRE ONZE - SOULAGÉ

Aldo sauta au cou de Corinne, lui colla un baiser appuyé sur la joue. Il fit de même avec Éric et Sonia qui recula, étonnée. Elle s'énerva :

— Ça va pas, non ! Qu'est-ce que tu as à la fin ? Tu es vraiment bizarre en ce moment !

— Oh rien, je vous aime, c'est tout !

— Ben on le sait, pas la peine de m'étouffer...

Il écarta les bras et annonça :

— Je viens avec vous !

Corinne ne peut qu'approuver son fils :

— Tu es pâlot. Ça te fera du bien de prendre l'air. On mangera sur place.

Dépêche-toi de t'habiller ! Dans une heure, on s'en va.

Aldo ne se fit pas prier deux fois. À toute allure, il prépara son muesli, l'engloutit, puis alla prendre sa douche. Il réapparut une demi-heure après, en jogging, un sourire jusqu'aux yeux. Il ressemblait à un lutin espiègle.

Profitant qu'il se chaussait, Sonia lui envoya un coup de coude dans le dos et lui demanda :

— Tu ne répètes pas ta pièce de théâtre ? Tu devrais. Grâce à elle, tu as eu des sacrées notes !

Il haussa les épaules.

Elle continua :

— Qui c'est le Maître du temps ?

Aldo ravala sa salive :

— Personne... Surtout oublie ça !

Le visage de son frère devint livide quand il articula :

— S'il te plaît, ne répète jamais ces mots, d'accord ? Jamais de la vie ! Tu me le jures ?

— O.K ! Tu me fais peur... Brrr !

Aldo se radoucit :

— Au fait, tu te sers de ta console ?

— Bah, non, de toute façon, elle ne fonctionne plus et je n'aime pas les jeux dessus.

— Super, je vais essayer de la réparer alors.

— Si tu veux, mais tu sais, je préfère m'entraîner à la salle de gym.

Une heure plus tard, Aldo se tenait assis sur des gradins et admirait les figures gracieuses que sa sœur exécutait à merveille. Aux poutres, elle ne semblait pas avoir peur ; de même aux barres parallèles et au cheval d'arçon. Elle ne fit aucune faute. Sa maîtrise du petit matériel lors d'enchaînements compliqués le surprit beaucoup. Waouh ! Il trouvait Sonia étonnante et applaudissait à chacun de ses passages. Elle eut un 17 / 20 et il fut déçu car il lui aurait mis un 20 / 20.

Tellement absorbé par le spectacle, il ne vit pas Jules, à quelques sièges au-dessus de lui. Ce dernier se déplaça, voulant lui toucher l'épaule. Aldo sursauta et se retourna vivement. Il fut hyper content de le voir. Il lui avait manqué finalement. Ne plus éclater de rire, devenir un robot, voilà ce qu'il lui arrivait depuis plusieurs semaines ! Il se mit à le serrer fort et à exprimer sa joie :

— Quelle surprise, je suis super heureux que tu sois là, tu sais !

— Ah, ça fait plaisir de te retrouver comme avant. Je m'inquiétais pour toi.

— Je comprends et m'excuse. Je t'expliquerai, demain... car là, je ne peux pas, désolé !

— J'espère que tu m'en diras plus, un jour. Tu as vu ma cousine, c'est celle qui est deuxième du classement. Elle a une tunique rouge.

— Ah oui, elle assure ! J'ai adoré le spectacle !

— Oui, c'est cool en général. Tu ne l'avais jamais vu ?

— Non, j'avoue que je ne m'y intéressais pas jusque-là. Et toi, tu viens souvent ?

— Quelquefois. Mais c'est la première fois qu'Elyna participe à ce concours régional. D'habitude elle va à des compétitions moins importantes.

Ils se regardèrent et sourirent. Ensemble, ils se sentaient bien. Jules proposa :

— Ça te dirait d'apprendre un jeu de rôle ? Samedi prochain, chez Hugo, on fera une partie. Si tu veux, mon père peut venir te chercher. Qu'est-ce que tu en dis ?

Aldo n'en revenait pas. Il brûlait d'envie de connaître ce mystérieux

« Donjons et Dragons » alors que la semaine dernière il méprisait les adeptes de ce jeu. *Ce ne sont que les imbéciles qui ne changent pas.* Et surtout, le souvenir horrible du Maître du Jeu l'empêcherait de se remettre au jeu vidéo avant longtemps ! Il accepta avec un plaisir non dissimulé.

****

Les consoles de jeu de Sonia et de son frère furent vendues en l'état sur un marché de Noël. Aldo fut à la fois soulagé et inquiet. Est-ce que l'acheteur subirait le même calvaire que lui ? Il ne le sut jamais mais y pensa souvent. L'aventure avec le Maître du jeu ne fut pas complètement négative car Aldo apprit à travailler sérieusement grâce au stylo magique. Il comprit mieux ce que les professeurs demandaient et comment aborder les problèmes. Il put obtenir une moyenne satisfaisante en fin de semestre et espérer passer en 4ème l'an prochain.

Parfois, il scrutait son pouce droit. Sous sa peau, devait se cacher un émetteur miniature. Il ne sentait aucun picotement ni gêne, comme s'il n'avait jamais existé. Un jour, il demanderait à ses parents de consulter un spécialiste de ces choses-là. Il aimerait savoir s'il héberge encore la puce du Maître du jeu. Il lui faudrait beaucoup de courage avant de dévoiler toute l'histoire car on risque de le traiter de débile. Le *silence est d'or et le secret dort.*

JEU-QUESTIONNAIRE

JEU-QUESTIONNAIRE

1 - Pourquoi Aldo est-il puni de console de jeu ?

2 - De qui s'occupe-t-il en attendant ses parents ?

3 - Comment s'appelle son jeu vidéo préféré ?

4 - Qui lui propose de réaliser ses vœux ?

5 - Est-ce qu'Aldo le croit ?

6 - Que demande Aldo finalement ?

7 - Que lui donne le magicien ?

8 - Est-ce que ça marche ? (Est-ce qu'Aldo obtient des bonnes notes ?)

9 - Comment s'appelle son meilleur copain ?

10 - Qu'observe cet ami pendant une interrogation surprise ?

11 - Aldo va-t-il dire la vérité à son meilleur ami ?

12 - Quelle conséquence cela amènera-t-il ?

13 - Quelle sera la première aventure virtuelle d'Aldo ?

14 - Quelles sont les formules qu'il doit prononcer pour appeler le magicien et pour revenir chez lui ?

15 - Est-ce que tout se passe bien ?

16 - Quand le magicien apparaît, est-il aussi gentil qu'au début ?

17 - Pourquoi ne peut-il pas rentrer chez lui tout de suite ?

18 - Que doit faire Aldo ?

19 - Une fois chez lui, que décide de faire Aldo ? (au moins 3 choses)

20 - Après ses aventures magiques ratées, de quelle manière Aldo a-t-il changé ?

RÉPONSES DU
JEU-QUESTIONNAIRE

RÉPONSES DU JEU-QUESTIONNAIRE

1 - Il est puni car il a de mauvaises notes à l'école. Ses parents pensent qu'il joue la nuit au lieu de dormir.

2 - Il s'occupe de Sonia, sa petite sœur, qu'il doit chercher à l'école primaire.

3 - Pavillon Noir, un jeu de pirates.

4 - Une sorte de génie, le Maître du jeu, qui lui annonce avoir gagné à une loterie.

5 - Non, il n'y croit pas du tout.

6 - Il demande d'avoir de bonnes notes.

7 - Le magicien lui donne un stylo magique.

8 - Oui, Aldo deviendra un très bon élève.

9 - C'est Jules.

10 - Il observe qu'Aldo est trop décontracté lors de l'interro surprise, ce qui n'est pas son habitude.

11 - Non, il va mentir.

12 - Jules et lui ne seront plus très bons amis.

13 - Sa première aventure sera sur l'Île de la Tortue, où il doit cacher un trésor, étant le capitaine Lerouge.

14 - « Maître du jeu, sortez de l'ombre ! » et « Maître du temps, maison ! »

15 - Non, il se perd puis arrive dans un endroit et une maison qu'il ne reconnaît pas. Le magicien ne lui répond pas tout de suite.

16 - Non, il est en colère, le prend pour un autre enfant, Tino.

17 - Parce qu'il y a un bug et qu'il doit travailler à la place de Tino qui a épuisé ses gains de loterie.

18 - Il doit faire le figurant sur le bateau de pirate Fortune de mer comme moussaillon jusqu'à ce que le magicien juge qu'il a suffisamment récupéré de gains.

19 - Il décide de renoncer à faire appel au magicien.

Il délivre la surdouée du stylo magique, Corentine.

Il accompagne ses parents à la compétition de gym de sa sœur.

20 - Il se rapproche de sa famille, découvre que sa sœur est douée en gymnastique, retrouve Jules et accepte de jouer avec les copains de Jules à un jeu

de rôle « Donjons et Dragons » qui ne lui disait rien la semaine d'avant.

BIOGRAPHIE

BIOGRAPHIE AUTEURE

Françoise Grenier est tombée dans l'imaginaire dès le berceau. Née en Afrique, terre des mythes et croyances occultes, peuplée de sorcières et autres créatures étranges, elle s'imprégnait des contes que son père lui racontait et d'histoires incroyables mais vraies.

Le dessin et la gravure lui ont apparu d'abord comme un terrain de jeu principal où des personnages issus de son esprit rêveur surgissaient par magie. Mais un jour, un certain Comte de Nerval ne se laissa pas faire le portait. Elle dut le décrire avec des mots et depuis cette exploration, l'écriture devint un moyen privilégié d'explorer d'autres contrées que les seuls Arts Plastiques à deux dimensions ne lui permettaient pas.

Ainsi est né son premier roman fantastique Le piano maléfique.

Jeune retraitée depuis peu, elle s'adonne toujours à cette nouvelle passion en participant à de nombreux appels à textes dans les genres SFFF. Une quinzaine de recueils collectifs accueillent ses textes retenus par de petites maisons d'éditions ou des associations d'auteurs.

Explorant aussi des territoires propres à la littérature jeunesse, ayant côtoyé pendant trente ans des jeunes élèves de primaire grâce à sa formation de professeur des écoles.

TABLE DES MATIÈRES

Achevé d'imprimer en février 2023,

par Amazon

ISBN : 979-10-96726-78-3

Dépôt légal : février 2023

Contacter l'auteure : julien-grenier@wanadoo.fr

Contacter l'éditeur : cherubinseditions@gmail.com

Site Internet : cherubinseditions.weebly.com

Lire des extraits de tous nos ouvrages

https://fr.calameo.com/accounts/6811103

La boutique et maison d'édition

Chérubins Éditions

4 rue du Glapier

51320 MONTÉPREUX

FRANCE